LES

ÉLÉMENS.

Par Lavergne

LES

ÉLÉMENS,

POËME.

Nos venerem tutam, concessa que furta, canemus:
In que meo nullum carmine crimen erit.

OVID.

A LA HAYE,

Chez P. GOSSE JUNIOR, & D. PINET, Libraires de S. A. S.

Et se trouve,

A PARIS,

Chez J. P. COSTARD, Libraire, rue Saint-Jean-de-Beauvais, la première porte cochère au-dessus du Collége.

M. DCC. LXX.

AVEC APPROBATION.

AVERTISSEMENT
DES
ÉDITEURS.

CE Poëme, qui n'eſt connu que d'un très-petit nombre de perſonnes*, n'eſt pas une de ces productions éphémères que le mauvais goût fait naître, & que l'avidité du gain mul-

* Il en court cependant des Copies tronquées.

tiplie. M. de Voltaire &, avec lui, tous les honnêtes gens qui cultivent les Lettres, ſont juſtement révoltés de ce nombre prodigieux d'écrits ou abſurdes, ou ſcandaleux, dont nous ſommes tous les jours impitoyablement inondés. C'eſt donc venger le bon goût & la ſaine littérature, que de remettre ſous les yeux des Amateurs de la bonne Poëſie un Ouvrage digne, à plus d'un titre, de fixer leur attention. Nous oſons croire qu'après le jugement qu'en a porté un homme de Lettres, auſſi diſ-

tingué par ſes écrits, que par ſon mérite perſonnel, on ne doit point ſoupçonner l'honnêteté de nos motifs, & la pureté de nos intentions dans ce que nous avançons ici. » Cet Ou-
» vrage, dit-il, reſpire une heureuſe
» facilité, & contient une grace d'har-
» monie peu commune. Depuis *les*
» *Quatre parties du jour*, je n'ai rien lu
» de plus agréable. « Nous ne rapportons, au reſte, ce peu de mots de la lettre que M. Darnaud nous a écrite à ce ſujet, que pour rendre un hommage public aux talens de l'Au-

teur de ce Poëme, M. D. L. V. que nous ne croyons point devoir nommer, n'étant point ſuffiſamment inſtruits de ſes diſpoſitions à cet égard.

LES

LES ÉLÉMENS.

MATIÈRE antique du cahos,
Long-tems maſſe informe & confuſe
De terre, d'air, de feux & d'eaux,
C'eſt moins vous que chante ma muſe,
Que le Dieu charmant de Paphos.
Tói qui, d'une nuit ſi profonde
Perçant les voiles éternels,
Devins l'architecte du monde,
Et le vrai père des mortels ;
Puiſſant Amour, ſource féconde,
Reçois l'hommage de mes vers,
Et daigne mettre dans mon ame
Une étincelle de la flamme
Dont tu débrouillas l'univers.

B

LA TERRE.

L'OMBRE s'enfuit, & la lumière
Développe les élémens.
Parois, ô Terre, auguste mère
Des Dieux, des hommes & des tems.
Amour, elle est stérile encore,
Hâte-toi de remplir ses vœux :
Le ciel qui l'embrasse & l'implore
N'attend qu'un rayon de tes feux.
C'en est fait, il part, il s'élance ;
Et déjà de son influence
Goûtant les fécondes chaleurs,
La Déesse au Dieu qui l'anime
Rend, par un retour légitime,
Un tribut de fruits & de fleurs.
Croissez, enfans de la Nature ;
Arbres épais, cachez le jour :
Naissez, agréable verdure ;
Et servez de trône à l'Amour.

Tendres fleurs, hâtez-vous d'éclorre ;
C'eſt à vous d'orner les autels
Que l'homme, à ſa première aurore,
Doit élever aux immortels.
Et vous, favorable Cybèle,
Cédez aux tranſports les plus doux :
S'il eſt des Dieux, l'amour fidèle
Ne les fit naître que de vous.
Mais quel bruit ! quels feux ! c'eſt la foudre.
Ah ! dit-elle au maître des Cieux,
Voudrois-tu me réduire en poudre
Pour ne régner que ſur les Dieux ?
Suſpends les coups de ta juſtice,
Terrible vainqueur des Titans :
Leur mère n'eſt point leur complice ;
Epargne-lui l'affreux ſupplice
De ſurvivre à ſes habitans.
Calmez-vous, Déeſſe éplorée :
Le Dieu ſe rend à vos deſirs :
La terre, ainſi que l'empyrée,

Va concourir à vos plaiſirs.
Aſſiſe aux bords de l'onde amère,
Auprès de ſes troupeaux épars,
Europe arrête ſes regards
Sur un taureau qui ſait lui plaire.
Doux, amoureux & careſſant
S'il vous enlève en bondiſſant,
Raſſurez-vous, tendre Princeſſe:
Voguez ſur l'humide élément.
Vous abordez; le charme ceſſe,
Et le taureau n'eſt qu'un amant.
Je vois un cygne qui s'égare,
Effrayé d'un aigle inhumain,
Aimable épouſe de Tyndare,
Il vient ſe cacher dans ton ſein.
Que d'attraits! quel amas de charmes!
Dieux! que cet aſyle a d'appas!
Cygne heureux, calmez vos allarmes;
Léda vous reçoit dans ſes bras.
Pour profiter de ſa foibleſſe,

Qu'attends-tu, Monarque des Cieux ?
Ta ruſe a ſervi ta tendreſſe,
Les momens ſont chers, le tems preſſe
D'en cueillir les fruits précieux.
Vois ſur ſa gorge demi-nue
L'Amour qui donne le ſignal :
Son cœur palpite ; elle eſt émue,
Parois, ſaiſis l'inſtant fatal.
Que vois-je ? O ciel ! ſa voix expire ;
Ses beaux yeux ſemblent fuir le jour :
Son ame incertaine ſoupire
De dépit, de honte & d'amour.
Vain courroux ! le Dieu qui l'embraſſe
Sait l'art heureux de l'appaiſer :
Un ſecond & tendre baiſer
Du premier aſſure la grace.
Eſt-il de larcin amoureux
Dont un double baiſer n'efface
Le ſouvenir injurieux ?
Pourſuis ta carrière galante :

La terre, docile à tes loix,
Possède encor plus d'une amante
Qu'elle réserve à tes exploits.
De Danaé, qu'un père enchaîne,
Dieu puissant, va dorer les fers :
Quitte Antiope pour Alcmène,
Tu dois Alcide à l'univers.
Ainsi, volant de Belle en Belle,
Vainqueur & vaincu tour-à-tour,
Tu fournis à l'homme un modèle
Du culte qu'il doit à l'Amour.
Qu'avec toi tout ce qui respire
Reconnoisse à jamais l'empire
Et les attraits de la beauté.
Amour, abandonne Cythère :
Nous allons de la terre entière
Faire un temple à la volupté.

L'AIR.

DÉJA la terre a pris ſa place
Dans le centre de l'univers ;
Déjà ſon immenſe ſurface
Se couvre d'animaux divers.
L'inſtinct, cette foible lumière
Dont la Nature les éclaire
Pour les inſtruire de ſes loix,
N'eſt ſans doute qu'une étincelle
De ce feu pur, flamme immortelle
Réſervée à ſes premiers Rois.
Vous, paroiſſez, Êtres ſublimes :
Que d'appas & de majeſté !
Je vois ſur vos fronts magnanimes
Les traits de la Divinité.
Heureux époux, nobles prémices
Du ſouffle fécond des Amours,
Puiſſiez-vous, par mille délices,

Compter les inſtans de vos jours !
Mais quel peuple léger s'élance,
Et va ſe perdre dans les Cieux ?
Quel Dieu, dans cet eſpace immenſe,
Protège ces audacieux ?
D'une aîle aſſurée & rapide,
Charmans oiſeaux, fendez les airs :
L'Amour n'eſt-il pas votre guide ?
Volez au bout de l'univers.
Progné, commencez votre courſe,
Partez pour de nouveaux climats :
Allez du Midi juſqu'à l'Ourſe
Annoncer la fin des frimats.
Chantez l'Amour, ô Philomèle :
Vous lui devez vos plus beaux ſons ;
Et vous, conſtante tourterelle,
D'une ardeur pure & mutuelle
Donnez à l'homme des leçons.
Cependant un bruit effroyable
Trouble leurs amoureux concerts :

Une

Une ſecouſſe formidable
Ébranle l'empire des mers.
Cherchez un ſéjour plus tranquille,
Troupe timide, éloignez-vous.
La terre vous offre un aſyle
A l'abri des vents en courroux.
Laſſé des rigueurs d'Orythie,
Borée, en Amant irrité,
N'écoute plus que ſa furie
Contre une trop fière beauté.
Volez, ſecondez ma vengeance,
Dit-il, aux Aquilons fougueux:
Venez ſervir la violence
De ma colère & de mes feux.
Il parle, les vents applaudiſſent
Par mille horribles ſifflemens :
Les monts au loin en retentiſſent,
Les Cieux étonnés en pâliſſent ;
Vous ſeul riez, Dieu des amans.
Vous ſavez que c'eſt votre ouvrage,

Et que, facile à désarmer,
Si l'Amour excite l'orage,
L'Amour aussi peut le calmer.
Déjà dans les bras de Borée
La Nymphe a vaincu ses remords ;
Déjà les plus ardens efforts
Du Dieu dont elle est adorée,
Ont justifié les transports.
L'Amant soumis fait disparoître
Le vrainqueur & ses attentats.
En Amour, ainsi qu'aux combats,
Un crime heureux cesse de l'être.
Tandis qu'au centre des plaisirs
Leurs cœurs réunis se confondent,
Et qu'à chacun de leurs desirs
Autant d'heureux plaisirs répondent,
Cruels Aquilon, gardez-vous
De troubler un si beau délire ;
Fuyez-en des momens si doux :
L'Amour ne permet qu'à Zéphire

D'agir, de ſeconder ſes coups.
Lui ſeul, de ſon heureuſe haleine
Sait à propos d'une inhumaine
Dévoiler les ſecrets appas ;
Lui ſeul fait naître ſous ſes pas
Les roſes dont l'Amour l'enchaîne.
A peine il agite les airs
Qu'il fait rajeunir la nature,
Et réparer avec uſure
Tous les ravages des hivers.
Il vole, hâtez-vous, jeune Flore ;
Recevez ſes premiers ſoupirs ;
Il vient, ſur l'aîle des plaiſirs,
Vous rendre un cœur qui vous adore.
Il eſt déjà dans nos jardins,
Qu'il préfère à ceux de Cythère,
Où, ſous un berceau de jaſmins,
Il attend l'heure du myſtère.
Au gré de ſon ſouffle amoureux
Un voile importun ſe dégage ;

Que ſans contrainte & ſans nuage,
Il en devienne plus heureux,
Et, s'il ſe pouvoit, moins volage.
Que d'appas vos tendres efforts
Voudroient dérober à Zéphire !
Foible ſecours ! plus il ſoupire,
Plus il découvre de tréſors.
Il voit, il parcourt tous vos charmes :
Vos dons vous coûtent quelques larmes
Qui les rendent encor plur chers :
Vainqueur enfin, le Dieu s'élance,
Et va célébrer ta puiſſance,
Tendre Amour, au plus haut des airs.

L'EAU.

LA terre eſt à peine entourée
Du voile tranſparent des airs,
Qu'un même inſtant l'a ſéparée
De celui des eaux & des mers.
Pour arroſer ſon globe aride,
Un ordre immuable & nouveau
Enchaîne le fleuve rapide,
Ainſi que le foible ruiſſeau;
Et docile aux loix éternelles,
L'Océan, moins tumultueux,
Précipite ſes flots rebelles
Dans des gouffres creuſés pour eux.
De cette inépuiſable ſource,
Je vois par cent canaux divers
Filtrer les ondes, dont la courſe
Va fertiliſer l'univers;
Et rentrant au ſein de leur mère,

Je les vois, après cent détours,
Au bout d'une route contraire
Finir où commence leur cours.
Tel eſt, ô Neptune, l'empire
Que le deſtin t'a préparé :
Par ce qui devroit tout détruire,
Il eſt ſans ceſſe réparé.
L'Amour même au ſein d'Amphitrite
Aiguiſe ſes traits dangereux ;
L'humide ſéjour qu'elle habite,
N'en ſauroit éteindre les feux.
Paroiſſez ſur l'onde azurée,
Tritons, qui lui devez le jour ;
Accourez, filles de Nérée ;
Et vous, Nymphes, formez ſa cour.
Que de ſes plus douces haleines
Zéphire parfume les airs,
Et que la troupe des Sirènes
Prépare les plus doux concerts.
Le char de la Déeſſe avance,

Et semble voler sur les eaux :
Reine des mers, que ta présence
Sera chère au Dieu de Paphos !
Pour mieux assurer sa victoire,
Confondu parmi les Zéphirs,
Autour de ta conque d'yvoire,
Il en imite les soupirs.
Que de succès suivent sa feinte !
Que d'heureux traits il a lancés !
Plus d'une Nymphe en est atteinte ;
Tous les Tritons en sont blessés.
Ici, de la foule échappée,
Doris amène son Amant ;
Plus loin sur un flot écumant,
Glaucus embrasse une Napée.
De Dauphins épars à l'entour,
Une troupe les environne,
Et dans leur sein, l'onde bouillonne
Des feux allumés par l'Amour.
Tandis que tout l'empire humide

Se range à l'envi ſous ſes loix,
Quelle inſénſible Néréide
Suſpend le cours de ſes exploits ?
Pour en diſputer la conquête,
Jupiter a quitté les cieux,
Et Neptune irrité s'apprête
A l'emporter ſur tous les Dieux.
Quel bruit ! Le trident & la foudre
Confondent leurs feux & leurs eaux.
Les élémens, réduits en poudre,
Vont-ils rentrer dans le cahos ?
La terre inondée & brûlante,
Jouet des flots & des éclairs,
Dans le déſordre & l'épouvante,
De ſes clameurs trouble les airs.
Finis cette auguſte querelle,
Amour, il y va de tes droits :
Que Thétis, trop long-tems rebelle,
Soupire enfin, & faſſe un choix !
C'en eſt fait : ô ſacré préſage !

J'ai

J'ai vu partir le trait vainqueur.
Fiers rivaux, calmez votre rage;
Un mortel a touché ſon cœur.
Le goût décide, quand on aime;
Il eſt le père du deſir;
Et juſqu'à la grandeur ſuprême,
Tout, en amour, cède au plaiſir.
Mais que l'aveu de ſa foib eſſe
Coûtera cher à ſon Amant!
Tour-à-tour, arbre, oiſeau, tigreſſe,
Thétis, nouvelle enchantereſſe,
Échappe à ſon empreſſement,
Et ſe dérobe à ſa tendreſſe.
Sommeil, fournis des traits nouveaux
Au Dieu que l'inhumaine offenſe,
Et qu'une douce violence
S'uniſſe enfin à tes pavots.
Thétis repoſe; accours, Pélée;
Venge l'Amour, & ſers tes feux.
Qu'à la lumière rappellée

Ta bouche à la ſienne collée,
L'oblige à reſſerrer ſes nœuds ;
Et que, dans tes bras conſolée,
Au milieu des ris & des jeux,
La Déeſſe, à qui tu ſus plaire,
Pour premier gage de ta foi,
Prince, te rende enfin le père
D'un fils plus grand encor que toi.

Le Feu.

Maître des cœurs, vive lumière,
Amour, ſeconde enfin mes vœux :
Je vais terminer ma carrière,
Et la conſacrer à tes feux.
D'un double fluide humectée,
La terre eût vu le jour en vain,
Si l'élément de Prométhée
N'eût pénétré juſqu'en ſon ſein.
Sans lui, ſa ſurface, obſcurcie
D'un air ſans ceſſe condenſé,
Seroit encore enſevelie
Sous un vaſte océan glacé.
Lui ſeul agiſſant au contraire
En elle, ſur l'air & les eaux
La rendit à l'inſtant la mère
De mille & mille végétaux;
Et juſqu'à l'homme enfin ſa flamme

Lança ce rayon précieux,
Ce principe moteur, cette ame
Qui le fit presque égal aux Dieux.
Amour, père de la Nature,
Ce sont autant de tes bienfaits;
Source de feux féconde & pure;
Nous ne les devons qu'à tes traits.
Le flambeau du monde lui-même
En emprunte l'éclat du jour:
S'il brille, c'est parce qu'il aime;
S'il pâlit, ce n'est que d'amour.
Partez, ô Reine de Cythère;
Ainsi l'ordonne le destin:
Allez d'un époux téméraire
Recevoir le cœur & la main.
Il n'est point de lointaines rives
Où les Jeux, les Graces naïves
N'abordent bientôt sous vos pas;
Ni de plage si peu propice
Que la volupté n'embellisse,

Et ne ſoumette à vos appas.
Elle arrive ; un regard embraſſe
La cour entière de Lemnos.
Vulcain ſe livre à ſon extaſe,
Et laiſſe éteindre ſes fourneaux.
Saiſis d'une ardeur inconnue,
Les noirs Cyclopes, à ſa vue,
Suſpendent leurs marteaux affreux ;
Et leur chef, encor plus farouche,
Exhale de ſa triſte bouche
Ses premiers ſoupirs amoureux.
O Vénus, charmante Déeſſe,
Quels feux venez-vous d'allumer !
Ceux de la foudre vengereſſe
Sont-ils faits pour vous enflammer ?
Fuyez, & du Dieu de la guerre
Acceptez les tendres ſecours ;
La main qui forge le tonnerre,
Ne peut qu'effrayer les Amours.
Vénus ſoupire... Heureux préſage !

Pour un aimable séducteur.
Qu'il attaque avec avantage
Des nœuds désavoués du cœur!
Soupir ardent, vive étincelle
Du flambeau de l'Amour naissant,
L'Hymen, à ta lueur nouvelle,
Se trouble & fuit en gémissant.
Aussitôt la troupe folâtre
Des Amours, des Jeux, des Ris,
Court se glisser au sein d'albâtre
Et sur la bouche de Cypris.
Le Dieu du plaisir, moins timide,
Se livre au transport qui le guide,
Et va droit au cœur à son tour.
L'Olympe applaudit, & la terre
Apprend par un coup de tonnerre
Qu'elle est la mère de l'Amour.

O toi, Dieu charmant, dont ma lyre
Vient de chanter les doux exploits

Peux-tu souffrir dans ton empire
Un objet rebelle à tes loix?
En vain, au char de ma Bergère,
Tu fixes la troupe légère
De l'enjoûment & des attraits;
Faut-il qu'au printems de son âge
L'insensible ignore l'usage,
Et tout le prix de tes bienfaits?
Venge mes feux & ton injure;
Amour, sers-toi du trait vainqueur
Qui, par la route la plus sûre,
Sut parvenir jusqu'à mon cœur.
Sur-tout ménage avec adresse
Les intérêts de son Amant,
Et ceux de sa délicatesse;
Et souviens-toi que ma tendresse
Est la fille de Sentiment,
Et non celle de la Foiblesse.
Amour, pourroit-elle, à ce prix,

Te refuser une victoire
Qui mette le comble à ta gloire,
Sans offenser celle d'Iris ?

FIN.

www.ingramcontent.com/pod-product-compliance
Ingram Content Group UK Ltd.
Pitfield, Milton Keynes, MK11 3LW, UK
UKHW021035200726
13857UKWH00004B/1730

9 782013 090292